幽韵雅集·古诗词选

金石古

松竹岁寒金石友

张逸尘 编著

陕西新华出版传媒集团
太白文艺出版社

图书在版编目（CIP）数据

金石古 ：松竹岁寒金石友 / 张逸尘编著. -- 西安 ：太白文艺出版社，2020.9
（幽韵雅集·古诗词选 / 李路主编）
ISBN 978-7-5513-1848-8

Ⅰ. ①金… Ⅱ. ①张… Ⅲ. ①古典诗歌－诗集－中国 Ⅳ. ①I222

中国版本图书馆 CIP 数据核字（2020）第 117621 号

金石古：松竹岁寒金石友

JINSHIGU:SONG ZHU SUIHAN JINSHI YOU

主　　编	李　路
作　　者	张逸尘
责任编辑	彭　雯　汤　阳
装帧设计	钟文娟　刘昌凤
出版发行	陕西新华出版传媒集团 太白文艺出版社
经　　销	新华书店
印　　刷	河北环京美印刷有限公司
开　　本	787mm×1092mm　1/32
字　　数	77 千字
印　　张	6.75
版　　次	2020 年 9 月第 1 版
印　　次	2020 年 9 月第 1 次印刷
书　　号	ISBN 978-7-5513-1848-8
定　　价	49.80 元

联系电话：029-81206800

出版社地址：西安市曲江新区登高路 1388 号（邮编：710061）

营销中心电话：029-87277748　029-87217872

总序

行幽韵之事，博雅趣之长

李路

有书云：香令人幽，酒令人远，茶令人爽，琴令人寂，棋令人闲，剑令人侠，杖令人轻，麈令人雅，月令人清，竹令人冷，花令人韵，石令人隽，雪令人旷，僧令人淡，蒲团令人野，美人令人怜，山水令人奇，书史令人博，金石鼎彝令人古。

说尽世间之『韵』事也。

古典诗词蕴含着中华民族千年文化的基因，从中国诗歌的滥觞《诗经》开始，绵延不绝，形成了楚辞、唐诗、宋词、元曲等一座座高峰。这些跨越千年的文字，如那亘古沉静的璀璨星辰，点亮中华文明的发展历程，使之流光溢彩、熠熠生辉。

曾几何时，我们跟随苏子瞻共吟『莫听穿林打叶声，何妨吟啸且徐行。竹杖芒鞋轻胜马，谁怕？一蓑烟雨任平生』，千古洒脱、百世豁达；跟随李太白同问『青天有月来几时，我今停杯一问之』，豪放俊迈、浪漫飘逸；跟随王摩诘共奏『独坐幽篁里，弹琴复长啸』，诗卷漫天，物我两忘；跟随李易安同叹『醉里插花花莫笑，可怜春似人将老』，真挚庄雅，婉丽哀伤；跟随纳兰容若共愁『西风多少恨，吹不散眉弯』，哀感顽艳，格高韵远……这些熟悉的文字，勾勒出一圈圈唯美的时光年轮，伴随我们安静地与岁月对话。

古人善雅事，『纸帐梅花，休惊他三春清梦；笔床茶灶，可了我半日浮生』『灯下玩花，帘内看月，雨后观景，醉里题诗，梦中闻书声，皆有别趣』。

据此，择香、酒、茶、琴、棋、剑、杖、麈、月、竹、花、

石、雪、僧、美人、山水、书史、金石相应清诗雅词，辑为小集，名『幽韵雅集』，行幽韵之事，博雅趣之长。

让我们在这些文字中赏松阴花影的静谧，山月美人的清魂，拨弦烹茶的惬意，采菱秋水的灵动。听琴声悠扬，行笔墨流转，品人间雅趣。

三千年来的古诗词，浩如烟海，编者在辑选过程中，以意境美、文字美、韵律美为择选的标准。在鉴赏时，不求全析，只求共鸣，用感发人心的淡美文字对其解析。

本辑精选齐白石、吴湖帆、溥儒、石涛、傅抱石、黄宾虹、于非闇、陈少梅、张石园、吴昌硕等大师的绘画作品，文、图、鉴意境融合，辉映共生。

同时，编者严选底本，精心校注，展现经典本来的面貌。

在编排过程中，本辑提取诗词名字的首字部首，

并依据《汉字部首表》，按照笔画数由少到多的次序进行排序。但因编排体例的限制，笔画数相同的以及起笔笔形相同的，不再遵循横（一）、竖（丨）、撇（丿）、点（丶）、折（乛）的顺序排列，而按照各诗词不同意境依次排序。

因能力有限，在成书过程中，未免有鲁鱼亥豕之讹，敬请各位读者不吝指正。

二〇二〇年五月

「烟尘身欲老，金石志方坚。」这世间唯一能与时光抗衡的，便是金石。岿然不动，是它们永恒的证明；能经受烈火的炼制，是它们坚毅的品格。

那么，何为金石？金石是路边的磬石，也是庙堂高歌的鸣钟青鼎；是倒下的残垣断碑，也是撞击声清脆的玉磬；是前朝遗落河底的旧物，也是历史长河难以起底的文字碎片。

古人对金石的偏好与喜爱的起点已不可考，自宋朝以降，以研究青铜器物铭文为基础的金石学兴起，后逐渐从铭文过渡到对器物本身的考证研究上。文人墨客纷至沓来，便有人将这些器物整理抄录成册，前有欧阳修编纂《集古录》，后有李清照、赵明诚夫妇集结一册《金石录》。

愈研究，便愈能发现金石穿越千百年的美，历久

弥新的坚。文人便将一切美好的事物比拟为它，它成了可与梅、兰、竹、菊比肩的比拟。他们写着『修览通泉壑，残碑出野锄』来比喻变幻的沧海桑田，写着『残碑堕泪空秋草，折戟沉沙自夕阳』来追思故国，写着『小鼎煎茶面曲池，白须道士竹间棋』来记录自己的悠然自得，写着『吹铁笛，鸣金鼓。丝玉鲙，倾香醑』来描绘他们对蓬莱仙境的想象。

我们在此将这些遗落在古诗词长河里的折戟打捞出来，清理一番，并显露出上面最美的铭文，呈现给你。希望你能从中体会到金石之美，感受到金石的坚韧，同时也能感受到它远离尘世的一抹苍凉。

二〇二〇年四月

目录

·一笔画·

·二笔画·

·三笔画·

癶

鸟

衤

禾

·六笔画·

·七笔画·

·八笔画·

·十一笔画·

金石古
松竹岁寒金石友

金石古

金石鼎彝令人古

◎为顾彦先赠妇往返诗四首·其三

［晋］陆云

翩翩飞蓬征，郁郁寒水萦。
游止固殊性，浮沉岂一情。
隆爱结在昔，信誓贯三灵。
秉心金石固，岂从时俗倾。
美目逝不顾，纤腰徒盈盈。
何用结中款，仰指北辰星。

◎陆云，字士龙，西晋文学家，东吴丞相陆逊之孙，著有《新书》十篇。

◎有美人从远方而来，她身披云纱，只一眼，便俘获了我的心。自此，吾心有如磐石，直指北辰。

◎一七令·诗

[唐] 白居易

诗。绮美，瑰奇。明月夜，落花时。

能助欢笑，亦伤别离。

调清金石怨，吟苦鬼神悲。

天下只应我爱，世间唯有君知。

自从都尉别苏句，便到司空送白辞。

◎白居易，唐代诗人，字乐天，号香山居士。著有《白氏长庆集》。

◎吟一首苦情，岸边的金石也为之动容。但，吾心谁能解读明白？

一丛花·碧山无意解银鱼

【宋】晁补之

十二叔节推以无咎生日于此声中为辞，依韵和答。

碧山无意解银鱼。花底且携壶。华颠又喜熊罴且，笑骐骥、老反为驹。文史渐抛，功名更懒，随处见真如。

高情敢并汉庭疏。长揖去田庐。囊无上赐金堪散，也未妨、山猎溪渔。廉颇纵强，莫随年少，白马向黄榆。

◎晁补之，宋代文学家，字无咎，号归来子。曾任礼部郎中，擅长作画、诗词等。

◎何妨青史留名，唯愿长醉，见山间渔戏，见众生。

◎一枝春·为陆浩斋赋梅南

〔宋〕张炎

竹外横枝，并阑干、试数风才一信。么禽对语，仿佛醉眠初醒。遥知是雪，甚都把、暮寒消尽。清更润。明月飞来，瘦却旧时疏影。

东阁漫撩诗兴。料西湖树老，难认和靖。晴窗自好，胜事每来独领。融融向暖，笑尘世、万花犹冷。须酿成、一点春腴，暗香在鼎。

◎张炎，宋代词人，字叔夏，号玉田。青年家道中落，适逢南宋灭亡，晚年寓居临安（今浙江杭州），终身不仕。

◎一点飞花流落街头，飘过西湖，携裹残雪，却落进了药炉，煮沸了一室春光。

◎三衢胡定愍祠

[宋] 朱翌

把酒论诗建业城，三年金石见交情。
罗池忽待中流泊，姑蔑应无剧雨倾。
直道岂知人负我，英姿如在死犹生。
炉香销尽从祠晚，独对西风泪臆横。

◎朱翌，宋代诗人，字新仲，号潜山居士。著有《潜山集》。

◎炉香已经燃尽，与它一起消散的，还有曾经的悲欢。

◎更漏子·雪藏梅

【宋】晏殊

雪藏梅，烟着柳。依约上春时候。
初送雁，欲闻莺。绿池波浪生。
探花开，留客醉。忆得去年情味。
金盏酒，玉炉香。任他红日长。

◎晏殊，宋代文学家，字同叔。其一生仕途得意，官至兵部尚书。

◎屋内酒香肆意飘散，玉炉里檀香也袅袅升腾。我与好友正享受这份惬意，哪管他窗外春色浓。

◎五月七日夜梦中作

【宋】陆游

征行过孤垒，寂寞已千年。
马病霜菅瘦，狐鸣古冢穿。
烟尘身欲老，金石志方坚。
零落英雄尽，何人共著鞭？

◎陆游，宋代诗人，字务观，号放翁。善于作词，尤长于诗。

◎英雄已然迟暮，阶前的花又落了一瓣，这副样子，还有谁欣赏呢？

◎丁巳灯夕前六日观抱拙寄敏斋韵因事有感走笔以赋

〔宋〕释斯植

萍迹倚春风，春光苦未浓。

人间连日事，尘外一宵钟。

远雁书难寄，残碑字已封。

幽人住城市，清梦两三重。

◎释斯植，字建中，号芳庭。著有《采芝集》。

◎远离城市的喧嚣，归隐田园。虽不清苦，却难托尺素。醒来时，仙雾缭绕，梦中却是人间烟火。

◎奉和太常王卿酬中书李舍人中书寓直春夜对月见寄

［唐］卢纶

露如轻雨月如霜，不见星河见雁行。

虚晕入池波自泛，满轮当苑桂多香。

春台几望黄龙阙，云路宁分白玉郎！

是夜巴歌应金石，岂殊萤影对清光！

◎卢纶，唐代诗人，字允言。“大历十才子”之一，著有《卢户部诗集》等。

◎入仕还是出仕，做逍遥散人还是朝堂肱骨，何苦要做抉择。我只惦念太液池边一缕花香，还有萤火虫和着的那一首奏鸣曲。

◎九锁山十咏·栖真洞

〔宋〕邓牧

何年采真游，遗此栖遁迹。

流泉金石奏，伏鼠霜雪色。

浮世几兴亡，残棋耿苔石。

◎邓牧，宋代思想家，字牧心，号九锁山人。著有《洞霄图志》。

◎故地重游，时间凝固了旧日的棋盘，点点棋子驻足，斑驳了流逝的岁月。

◎临江仙·再用韵送祐之弟归浮梁

〔宋〕辛弃疾

钟鼎山林都是梦，人间宠辱休惊。
只消闲处遇平生，酒杯秋吸露，
诗句夜裁冰。
记取小窗风雨夜，对床灯火多情。
问谁千里伴君行？晓山眉样翠，
秋水镜般明。

◎辛弃疾，宋代豪放派诗人，字幼安。著有《稼轩长短句》。

◎又是一夜疾风骤雨，落红无数，愁绪难理。晨光熹微处，冰封千里，湖面如镜面，不知君安否？

◎临江仙·细马远驮双侍女

［宋］苏轼

龙丘子自洛之蜀，载二侍女，戎装骏马，至溪山佳处辄留数日，见者以为异人。其后十年，筑室黄冈之北，号曰静安居士，作此词赠之。

细马远驮双侍女，青巾玉带红靴。
溪山好处便为家。谁知巴峡路，
却见洛城花。
面旋落英飞玉蕊，人间春日初斜。
十年不见紫云车。龙丘新洞府，
铅鼎养丹砂。

◎苏轼，宋代文学家，字子瞻，号东坡居士。

◎一朝花开，醉眼蒙眬，却把锦官当汴梁，一时钟鸣鼎食。清醒时，只见云雾缭绕，何处是故园？

◎临江仙·登泗州岭·九之三

【宋】邓肃

春雪一瓯扶醉玉，翩翩两腋生风。
柳腰无力殢云踪。陈郎投辖意，
分袂忍匆匆。
白玉琢杯龙麝泛，瀼瀼天酒争浓。
何妨一饮上青骢。晴空行夜月，
缓辔水晶宫。

◎邓肃，宋代文人，字志宏，号栟榈。著有《栟榈文集》。

◎天宫何处？我欲御风前往，饮一瓢星河水，摘下月盘，盛放我这腔无处安放的热情。

◎临江仙·宴向守簇

［宋］王质

曲水流觞修禊事，祓除洗净春愁。
举尊再拜寿君侯。只今虚鼎足，
好去作班头。
自古相门还出相，春旗小驻南州。
云孙将绍祖风流。他时如见忆，
江汉一渔舟。

◎王质，宋代文学家，字景文，号雪山。

◎昔日风流灵巧，也曾鼎中分食一杯羹。而今江边垂钓，唯愿者上钩。

◎南歌子·似带如丝柳

【唐】温庭筠

似带如丝柳，
团酥握雪花。
帘卷玉钩斜。
九衢尘欲暮，
逐香车。

◎曲曲绕绕相思难理，玉钩卷起窗边珠帘，上弦月勾起了几许愁绪。

◎南歌子·带酒冲山雨

[宋]苏轼

带酒冲山雨，和衣睡晚晴。不知钟鼓报天明。

梦里栩然蝴蝶、一身轻。

老去才都尽，归来计未成。求田问舍笑豪英。

自爱湖边沙路、免泥行。

◎纷纷扬扬的，是天边晚霞的碎片。和着日落时的钟声，我独自行走在田边，迎风而歌。

◎南乡子·渌水带青潮

[宋]晏几道

渌水带青潮。水上朱阑小渡桥。
桥上女儿双笑靥，妖娆。
倚着阑干弄柳条。
月夜落花朝。减字偷声按玉箫。
柳外行人回首处，迢迢。
若比银河路更遥。

◎晏几道，宋代婉约派词人，字叔原，号小山。其词多言情，语言清丽。

◎浪花泛起一片欢声，那是别人的热闹。潮来潮去到如今，徒留我一人，饮下一杯孤寂。

◎人月圆·雪中游虎丘

【元】张可久

梅花浑似真真面，留我倚阑杆。
雪晴天气，松腰玉瘦，泉眼冰寒。
兴亡遗恨，一丘黄土，千古青山。
老僧同醉，残碑休打，宝剑羞看。

◎张可久，元代散曲家，一说名伯远，号小山。与乔吉并称“双璧”，与张养浩合称“二张”。

◎北风吹过，花残柳败。王朝已走远，前朝衣冠已然作古，空余诵经人。

◎念奴娇·高座寺

[清] 郑燮

暮云明灭，望破楼隐隐，卧钟残院。
院外青山千万叠，阶下流泉清浅。
鸦噪松廊，鼠翻经匣，僧与孤云远。
空梁蛇脱，旧巢无复归燕。

可怜六代兴亡，生公宝志，绝不关恩怨。
手种菩提心剑戟，先堕释迦轮转。
青史讥弹，传灯笑柄，枉作骑墙汉。
恒沙无量，人间劫数自短。

◎郑燮，清代书画家，字克柔，号板桥，“扬州八怪”之一。

◎推开一扇破窗，蛛网结成了纱帘。谁能想到，这里曾经高僧满座，经筵高架？

◎代书寄谈炼师

〔五代〕徐铉

朱山松桂翠连云，中有清虚小隐君。

密养丹砂存正气，静披琼蕴诵真文。

埙篪金石心长在，圭组烟霞路自分。

凭仗乡人传尺素，前山惊起白羊群。

◎徐铉，字鼎臣。著有《质疑论》，曾参与编撰《文苑英华》。

◎正要踏上眼前归乡的路，乱花迷眼，只有一行尺素引导。片刻烟霞散尽，前方的路恰是我的归途。

◎偈颂二十五首·选一

【宋】释道璨

雨不来，旱弥烈。草木枯，金石裂。
江流断，井泉竭。尽大地，生意绝。
东湖上，乾坤别。最清凉，无恼热。
优昙花正开，清香来不彻。

◎释道璨，宋代僧人，字无文，俗姓陶。著有《柳塘外集》。

◎万物凋敝，只有那昙花趁夜色开得正盛。

◎偶题

【宋】◎翁卷

绿树何稠叠，清风稍羡余。
枕萦云片片，帘透雨疏疏。
修览通泉壑，残碑出野锄。
丘陵知几变，耕稼杂陶渔。

◎翁卷，宋代诗人，字续古。著有《西岩集》。

◎翁卷：一作“徐文卿”，一作“葛天民”。

◎昨日还手握朝笏，今日已为阶下囚。惦念的也成了前朝旧物，一抔黄土掩盖了人生。

◎夜归鹿门歌

［唐］孟浩然

山寺钟鸣昼已昏，渔梁渡头争渡喧。

人随沙岸向江村，余亦乘舟归鹿门。

鹿门月照开烟树，忽到庞公栖隐处。

岩扉松径长寂寥，唯有幽人自来去。

◎孟浩然，唐代山水田园派诗人，名浩，字浩然，号孟山人。

◎天色渐暗，渡口的喧嚣打破了夜的寂寞。我嗟叹一声，在月色里欣赏孤独。

◎兰陵王·赋胡伯雨别业

【宋】刘之才

此何夕。天水空明一碧。
商量赋、如此江山，几个斜阳了今昔。
荒台步晚色。沙鸟依稀曾识。
啼鸽外，人远未归，江阔晴虹卧千尺。

残碑藓痕积。记当日清游，
夫君题墨。碧瑶仙去苍云隔。
飞一镜秋冷，列屏天远，
鸡声人语半郊邑。寄情又江国。

愁寂。怕闻笛。正怨苦溪猿，
飞倦汀翼。阴阴翡翠迷津驿。
慨世事尘化，吾心形役。
清吟孤往，渺醉影，夜翠湿。

◎刘之才，宋代词人，字宾王，号药房。

◎石头被流水冲刷，镌刻的字溶在了历史里。倚靠在那残碑边吹一曲怨笛，我的心已然飞回故国。

◎减字木兰花·渊明酒止

［宋］沈瀛

渊明酒止。莫信渠言心妄喜。
达士高风。只说三杯大道通。
不如饮酒。人世岂能金石寿。
无奈渠何。瀛得樽前笑语多。

◎沈瀛，宋代词人，字子寿，号竹斋。著有《竹斋词》。

◎弦琴雅意，承载了大唐盛世。我将这酒一饮而尽，坦然面对人生苦短。

◎减字木兰花·荷公临止

【宋】沈瀛

荷公临止。宾客惯看儿亦喜。
歌雅歌风。《通鉴》《通书》又《史通》。
欲相酹酒。瓦缶田家羞出寿。
甚欲舟何。愧没瑶觞玉斝多。

◎纵有万千才情，不如金樽酒一杯。唱宫商角徵羽，霓裳羽衣舞天边。

◎减字木兰花·枕书睡熟

【宋】范成大

枕书睡熟。珍重月明相伴宿。
宝鸭金寒。香满围屏宛转山。
鸡人声杳。瑶井玉绳相对晓。
黯淡窗纱。却下风帘护烛花。

◎范成大，宋代文学家，字至能，晚号石湖居士。

◎窗帘屏障了明月，催眠了赶考的公子，他头枕书卷，一夜好眠。

◎减字木兰花·登巫山县楼作

【宋】黄庭坚

襄王梦里，草绿烟深何处是。
宋玉台头，暮雨朝云几许愁。
飞花漫漫，不管羁人肠欲断。
春水茫茫，要渡南陵更断肠。

◎黄庭坚，宋代书法家、文学家。字鲁直，号山谷道人。其书法独树一帜，又擅诗文。

◎百年已过，旧城故宫，更与何人说？废城台基仍在，一两片碎瓦残砖静静地躺在地上。

◎减字木兰花·宿僧房有作

【宋】辛弃疾

僧窗夜雨，茶鼎熏炉宜小住。
却恨春风，勾引诗来恼杀翁。
狂歌未可，且把一尊料理我。
我到亡何，却听侬家陌上歌。

◎春雨如丝，在窗棂上蜿蜒爬行。屋内，香炉内香烟正悠然升腾，幽香弥漫了整个房间。

◎次韵赵去华提干夏日杂兴七首·选一

【宋】苏泂

忽然镜里一丝丝，
老却英雄不自知。
夜半闲来看青史，
百年有尽此身危。

◎苏泂，宋代文人，字召叟。著有《泠然斋集》。

◎竹简成册，上古圣贤的名字都在上面。抚摸那泛黄的竹简，揽镜自照，突然看到鬓间，已生华发。

◎次韵林仲和筠庄

［宋］李弥逊

交情金石半途分，
霜后孤芳独见君。
尽倒浓漓浇磊磈，
胸中着我半山云。

◎李弥逊，宋代词人，字似之，号筠西翁、筠溪居士。著有《筠溪集》。

◎与君相交、相知，怎奈敌不过流逝的光阴。霜雪过后，让我以何面目再见已割袍的你？

◎谢陆处士杼山折青桂花见寄之什

【唐】颜真卿

群子游杼山，山寒桂花白。
绿荑含素萼，采折自逋客。
忽枉岩中诗，芳香润金石。
全高南越蠹，岂谢东堂策！
会惬名山期，从君恣幽◎觌(dí)。

◎颜真卿，唐代书法家，字清臣，别号应方。著有《韵海镜源》。

◎兰桂越过高山流水，化作幽香来到你的面前。何必要感谢采撷之人，也是他让你失去了家乡的味道。

谒余忠宣公祠

[明] 练子宁

残碑堕泪空秋草，
折戟沉沙自夕阳。
我亦有怀追国士，
为君感慨奠椒浆。

◎练子宁，明代文人，名安，号松月居士。

◎《谒余忠宣公祠》：一作《过安庆谒余忠宣公祠》。

◎魂归来兮，他乡遥祭。怎奈不知，故乡陵墓处，浅草已没过我来时的马蹄。

◎即目

【唐】李商隐

小鼎煎茶面曲池，
白须道士竹间棋。
何人书破蒲葵扇，
记着南塘移树时。

◎李商隐，唐代诗人，字义山，号玉溪生。

◎烹茶的小锅还冒着热气，对弈的老者还未想到下一着。忽有访客，一时难忆起他姓甚名谁，那人献上彼时我最爱的白茶。

◎同潘屯田冬日早朝

〔唐〕张文琮

假寐怀古人，夙兴瞻晓月。
通晨禁门启，冠盖趋朝谒。
霜霭清九衢，霞光照双阙。
纷纶文物纪，焕烂声明发。
腰剑动陆离，鸣玉和清越。

◎张文琮，唐代官员，《全唐诗》存其诗6首。

◎清晨的阳光照亮了殿前玉阶，同僚们腰间的佩玉与剑相撞，声音清越动人。

◎复雪·再赋

【宋】方岳

自邻苍头挈短壶，兴成何必剡溪图。
有难为者梅兄弟，岂易卑哉竹丈夫。
宾从野性纷烂熳，山川云气上虚无。
相随石鼎清如水，底用侯家暖玉炉。

◎方岳，宋代诗人，字巨山，号秋崖。著有《秋崖集》。

◎我从山中携梅穿林而来，脚下泉水叮咚，敲打着石磬，一路悦耳，一朝赏心。

◎少年游·东风先报上林春

【宋】温镗

东风先报上林春。枝上晓莺新。
凌虹御气，鞭鸾翳凤，来辅玉晨君。
稳步丹墀青云路，金鼎侍调羹。
南极光中，五云多处，长伴老人星。

◎温镗，字授之，宋代词人。

◎虽然一路平步青云，也尝过用金鼎烹饪的饭菜，但我还是希望能赏一赏上林苑的春色，听一听枝头鸟儿的歌声。

◎游览

[汉]陈琳

节运时气舒，秋风凉且清。
闲居心不娱，驾言从友生。
翱翔戏长流，逍遥登高城。
东望看畴野，回顾览园庭。
嘉木凋绿叶，芳草纤红荣。

骋哉日月逝，年命将西倾。
建功不及时，钟鼎何所铭？
收念还房寝，慷慨咏坟经。
庶几及君在，立德垂功名。

◎陈琳，东汉末年文学家，字孔璋，“建安七子”之一。其作品后世辑录为《陈记室集》。

◎年少时，羡慕雄鹰翱翔天际，一览天下。到而今苟延残喘，却只惦念着窗前一片残红。日月轮转，不知谁还在庙里为苍生念着往生咒。

◎满江红·呈茂中，前章记广济仓事

【宋】辛弃疾

我对君侯，长怪见、两眉阴德。
更长梦、玉皇金阙，姓名仙籍。
旧岁炊烟浑欲断，被公扶起千人活。
算胸中、除却五车书，都无物。

溪左右，山南北。花远近，云朝夕。

看风流杖屦，苍髯如戟。

种柳已成陶令宅，散花更满维摩室。

劝人间、且住五千年，如金石。

◎烟波里叹息，这飞逝的不只是时光，还有镌刻在青铜上的铭文。

◎满江红·中秋上刘恭甫舍人

【宋】侯置

天阔江南，秋未老、空江澄碧。
江外月、飞来千丈，水天同色。
万屋覆银清不寐，一城踏雪寒无迹。
况楚风、连陌竞张灯，如元夕。

山獠静，棠阴寂。秋稼盛，香醪直。

听子城吹角，青楼横笛。

君不见、苏仙翻醉墨，一篇水调锵金石。

念良辰美景赏心时，诚难得。

◎侯置，宋代词人，字彦周。

◎听叮咚水落，笛声清脆，在空中激起一片涟漪。我却无心欣赏，固执地叫胡姬再添上一杯醉颜红。

◎满江红·和王实之韵送郑伯昌

【宋】刘克庄

怪雨盲风，留不住江边行色。
烦问讯、冥鸿高士，钓鳌词客。
千百年传吾辈语，二三子系斯文脉。
听王郎一曲玉箫声，凄金石。

晞发处，怡山碧；垂钓处，沧溟白。笑而今拙宦，他年遗直。只愿常留相见面，未宜轻屈平生膝。有狂谈欲吐且休休，惊邻壁。

◎刘克庄，宋代诗人、词人，字潜夫，号后村。系豪放派词人。

◎箫声哀怨凄凉，只怜河边红泥销骨，不知是谁梦里人。

◎满江红·吴江秋夜

【宋】汪元量

一个兰舟，双桂桨顺流东去。

但满目银光万顷，凄其风露。

渔火已归鸿雁汊，棹歌更在鸳鸯浦。

渐夜深芦叶冷飕飕，临平路。

吹铁笛，鸣金鼓。丝玉鲙，倾香醑。

且浩歌痛饮，藕花深处。

秋水长天迷远望，晓风残月空凝伫。

问人间今夕是何年？清如许！

◎汪元量，宋代词人，字大有，号水云。著有《水云集》。

◎天边的仙人银河泛舟，摘星辰，携一朵云，插在发髻间。哪管今夕何夕，明日何往。

◎满江红·拂拭残碑

【明】文徵明

拂拭残碑，敕飞字、依稀堪读。
慨当初，倚飞何重，后来何酷。
岂是功成身合死，可怜事去言难赎。
最无端，堪恨又堪悲，风波狱。

岂不念，封疆蹙。岂不念，徽钦辱。

但徽钦既返，此身何属。

千载休谈南渡错，当时自怕中原复。

笑区区、一桧亦何能，逢其欲。

◎文徵明，明代画家，原名壁（或作璧），字徵明。在画史上与沈周、唐寅、仇英合称“吴门四家”，著有《甫田集》。

◎你未曾看燕云十六州，狼烟起。只见得临安歌舞升平，纸醉金迷。

◎满江红·和监田驿驹父留题

【宋】李洪

梅雨成霖，倦永昼、暑行岩曲。

爱云梢翠樾，枕溪蓬屋。

轻木凌波冲卷雪，飞泉奔壑鸣哀玉。

羡渔翁、终岁老烟波，披蓑绿。

嗟客宦，荒松菊。颓壮志，青编竹。
更长年谙尽，是非荣辱。
钟鼎无心时节异，山林有味箪瓢足。
感故人、于此赋归欤，思之熟。

◎李洪，宋代词人，字可大，一字子大。著有《芸庵类稿》等。

◎羡慕世外高人，想抛却红尘烦恼，奈何生食五鼎，庸庸碌碌难弃。

◎满庭芳·蜀山谒东坡书院

【清】陈维崧

水拍晴桥，山衔春店，飞花落絮悠扬。
打鱼放鸭，四月好年光。
此地林峦绝胜，家家足，碧涧幽篁。
斜坡上，碎瓻（chī）败甓（pì），零乱补围墙。

鸣榔，思往事，峨嵋仙客，曾驻吾乡。
惹溪山千载，姓字犹香。
今日紫姑圣女，喧村赛，画鼓明妆。
残碑在，独怜野草，渐没古祠堂。

◎陈维崧，清代词人，字其年，号迦陵。著有《湖海楼全集》。

◎曾放马南山，也曾西湖垂钓。看溪水潺潺，鸟语花香；也看今日旧地苍茫，硝烟连天。旧日热闹的香火祠堂，只剩残垣断壁。

◎满庭芳·堠雪翻鸦

【清】纳兰性德

堠雪翻鸦，河冰跃马，惊风吹度龙堆。

阴磷夜泣，此景总堪悲。

待向中宵起舞，无人处、那有村鸡？

只应是，金笳暗拍，一样泪沾衣。

须知今古事，棋枰胜负，翻覆如斯。
叹纷纷蛮触，回首成非。
剩得几行青史，斜阳下、断碣残碑。
年华共、混同江水，流去几时回！

◎纳兰性德，字容若，号楞伽山人，满洲正黄旗人，大学士明珠长子。曾主持编纂《通志堂经解》。

◎青史两行，一半残本，一半断碑，字迹已斑驳模糊，难以辨认。史官泣血，怀抱竹简，盛世难回首。

◎满庭芳·玉枕生凉

[宋] 赵令畤

玉枕生凉，金缸传晓，败叶飞破清秋。
雨余翻浪，渺渺阻行舟。
暂系汀洲侧畔，风夜起、荻叶添愁。
银屏远，龙香渐尽，还是梦扬州。

更筹。何太永，当年情事，今日堪酬。
最苦恨红楼，笑我飘浮。
为寄相思细字，教字字、愁蹙眉头。
凄凉久，渔人唱晓，随月过横沟。

◎赵令畤，字德麟，自号聊复翁。著有《侯鲭录》。

◎贪图玉枕的一丝凉爽，如同我梦里频繁出现的扬州。往事一幕幕涌上心头，到如今凄凉漂泊如浮萍。

◎满庭芳·颓玉成山

【宋】王庭珪

颓玉成山，倾江作酒，醉来莫问升沈。
少年狂怪，应笑老婆心。
也会东涂西抹，行穿过、柳陌花阴。
诚何用，腰龟左顾，犹待铸黄金。

如今。回首处，青楼缥缈，朱箔重深。

叹江海飘零，离恨难禁。

好在铜梁玉垒，将车骑、他日重临。

归来看，文君未老，相对抚鸣琴。

◎王庭珪，宋代诗人，字民瞻，自号泸溪老人。著有《泸溪文集》。

◎曾一掷千金只为博得美人一笑，也曾山间行走，涂抹这大好河山。而今只剩了一枚软玉，握在手，却惦念红颜是否老去。

◎洛阳道中寄弟

【唐】贾岛

趋走迫流年，惭经此路偏。
密云埋二室，积雪度三川。
生类梗萍泛，悲无金石坚。
翻鸿有归翼，极目仰联翩。

◎贾岛，唐代诗人，字阆仙，人称"诗奴"，自号碣石山人。其一生仕途不得意，靠作诗散发苦闷。

◎我想挣扎出水面，怎奈身如浮萍。仰视天空，羡慕自由的鸟儿；俯视水底，又羡慕礁石，久经冲刷，依然神色不改。

◎汉宫春·会稽秋风亭怀古

【宋】辛弃疾

亭上秋风，记去年袅袅，曾到吾庐。

山河举目虽异，风景非殊。

功成者去，觉团扇便与人疏。

吹不断斜阳依旧，茫茫禹迹都无。

千古茂陵词在，甚风流章句，解拟相如。

只今木落江冷，眇眇愁余。

故人书报：『莫因循忘却莼鲈。』

谁念我新凉灯火，一编《太史公书》。

◎漫漫黄沙，掩盖了多少遗迹。翻遍史书，去哪里寻找君之名？

◎溪庵十首·其七

[宋] 刘克庄

病鹤曾栖禁苑枝，瞥然惊坠羽◎褵lí◎褷shī。
包弹靡靡萧萧制，指摘深深款款诗。
表圣暇时先卜圹，牧之他日自为碑。
独惭师说多遗忘，老抱残编嘱付谁。

◎人至暮年，随着头发稀疏的是记性，而随着记性离散的是故人。

◎浣溪沙·入袂轻风不破尘

[宋] 苏轼

入袂轻风不破尘，玉簪犀壁醉佳辰。
一番红粉为谁新？
团扇只堪题往事，新丝那解系行人。
酒阑滋味似残春。

◎美人掩面，团扇上题写的是陈年旧事；美人起舞，脚步轻盈，舞的是前朝旧曲。

◎浣溪沙·莫许杯深琥珀浓

【宋】李清照

莫许杯深琥珀浓，未成沉醉意先融。
疏钟已应晚来风。
瑞脑香消魂梦断，辟寒金小髻鬟松。
醒时空对烛花红。

◎酒杯晃了又晃，宽袍窄袖处，玉液流淌成河。公子已沉沉睡去，梦里销金窟，一宿红纱帐。

◎浣溪沙·王晋卿筵上作

[宋] 赵令畤

风急花飞昼掩门，一帘残雨滴黄昏。

便无离恨也销魂。

翠被任熏终不暖，玉杯慵举几番温。

个般情事与谁论？

◎秋雨零星地落了一夜，小案上还零星散着几个酒杯。脚步被封锁在了帘内，这惆怅，更与何人言说。

◎浣溪沙·玉碗冰寒滴露华

【唐】晏殊

玉碗冰寒滴露华，粉融香雪透轻纱。
晚来妆面胜荷花。
鬓鬌(duǒ)欲迎眉际月，酒红初上脸边霞。
一场春梦日西斜。

◎玉碗中盛着冰露，借此献美人。她梳妆后微微下垂的秀发，与蛾眉间的眉际月相得益彰。微红的酒晕，如朝霞洒落在她的脸上。

◎浣溪沙·淡荡春光寒食天

【宋】李清照

淡荡春光寒食天，玉炉沈水袅残烟。
梦回山枕隐花钿。
海燕未来人斗草，江海已过柳生绵。
黄昏疏雨湿秋千。

◎犹忆儿时初次见君，秋千飞起，满园笑声荡漾。而今银丝爬上鬓角，秋千仍在，雨疏风骤，一夜泪难干。

◎江城子·南来飞燕北归鸿

〔宋〕秦观

南来飞燕北归鸿，偶相逢，惨愁容。

绿鬓朱颜，重见两衰翁。

别后悠悠君莫问，无限事，不言中。

小槽春酒滴珠红，莫匆匆，满金钟。

饮散落花流水各西东。

后会不知何处是，烟浪远，暮云重。

◎秦观，宋代词人，字少游，号邗沟居士，苏轼的弟子。其词风格多以婉约为主。

◎匆匆的别离是今日的主题，我端起的酒杯中满是哀愁。欲道珍重，开口只剩哽咽，不知再见是何年。欲回首，故人却消失在清晨的云雾里。

◎沙河桥夜泊二首·其一

【明】杨基

河曲帆频转，波高梦屡惊。
学人孤拜月，照骨鬼吹灯。
断甓沉沙嘴，残碑露石棱。
不知何县邑，芳草没荒塍。

◎杨基，元末明初诗人，字孟载，号眉庵。著有《眉庵集》。

◎小舟在河上随风摇曳，我无心安眠。望着若隐若现的石碑，想知道上面记叙的是哪朝旧事。

◎清平乐·心期休问

【宋】晏几道

心期休问。只有尊前分。
勾引行人添别恨。因是语低香近。
劝人满酌金钟。清歌唱彻还重。
莫道后期无定。梦魂犹有相逢。

◎觥筹交错间，忽略那离别的背影吧。若有缘，会有重逢日。

◎清平乐·一春老病

〔宋〕曹勋

一春老病。空过春光永。
药鼎煎炉朝暮景。只是医方药性。
经旬日色云遮。山高寒透窗纱。
常恨檐头倾雨，犹能枕上看花。

◎曹勋，宋代政治家，字公显，号松隐。

◎转眼此生已过几十年，看尽人间繁华与衰落，犹然应接不暇，只眷恋一簇锦上花。

◎酒泉子·楚女不归

【宋】温庭筠

楚女不归，楼枕小河春水。

月孤明，风又起，杏花稀。

玉钗斜簪云鬟髻，裙上金缕凤。

八行书，千里梦，雁南飞。

◎湖上波光粼粼，倒映着陌上谁家少女。只见她钗头坠凤，秀发如云，薄薄的红霞爬上脸颊，是思念哪位情郎？

◎幽居

〔宋〕陆游

毒暑流金石，吾庐乃尔幽。
松棚香带露，竹簟冷生秋。
荡桨苹花浦，垂竿杜若洲。
非关遗世事，聊以解吾愁。

◎我独坐垂钓。水波荡漾，激起我的千层愁绪。

◎山居闲思

［宋］罗与之

菡萏儿女态，

春锄金石交。

晚来微雨过，

凉思满蒲梢。

◎罗与之，宋代诗人，字与甫，号雪坡。著有《雪坡小稿》。

◎傍晚，秋雨砸落了最后一片花瓣。天漏了，倾泻而下的，是我对你的思念。

山中和韵

[宋] 文天祥

白扇挥残暑，青鞋踏嫩晴。
花床寻小隐，石鼎引长鸣。
纱帽有时去，酒壶惟意倾。
山僧痴与坐，闲却瘦弥明。

◎文天祥，宋代政治家，字宋瑞，道号浮休道人。后人将其著作辑为《文山先生全集》。

◎闲散了半个炎暑，小花爬满了青藤。无畏宦海浮沉，寄情于美酒。小炉叫嚣着，秋日将近。

◎追次前韵

[宋] 陶梦桂

清泉白石故依然，俚语当时已浪传。

千里归来寻旧约，一生鞅掌任前缘。

身强只欠登山屐，老去何须负郭田。

金石旧交半沦谢，新松嫩竹是忘年。

◎陶梦桂，宋代诗人，字德芳。著有《平塘陶先生诗》。

◎看过千里之外的清石，也曾入仕侍奉洒扫。转眼年已过半百，旧年的金兰早已凋谢，今年陪同登高的，是忘年新人。

送李崧老归闽二首·选一

【宋】张栻

历数勋贤后，如君到眼希。
胸中蕴金石，笔下出珠玑。
倾盖嗟何晚，临流又送归。
他年傥相忆，寻我钓鱼矶。

◎张栻，宋代教育家，字敬夫，号南轩。与朱熹、吕祖谦合称“东南三贤”。

◎此身流放于化外之地，零落孤苦。想起当年挥毫山南寺壁，恍如隔世。

◎过陈琳墓

[唐] 温庭筠

曾于青史见遗文，今日飘蓬过古坟。
词客有灵应识我，霸才无主始怜君。
石麟埋没藏春草，铜雀荒凉对暮云。
莫怪临风倍惆怅，欲将书剑学从军。

◎与君结识于竹简中，仰慕君之学识，哀叹君之失意。恍然间，似乎看到君飘起的衣袂。

◎萧季贤有斋名雪涧求鄙语置诸贤之后勉成四韵

【宋】陈宗远

一派流泉绕坐奇，红尘不到客来稀。
含烟竹坞朝常失，当户松阴晚自移。
想有寒猿当月啸，应看孤鹤唳风归。
火云六月流金石，绝景应须称此时。

◎陈宗远，宋代诗人，字巽斋。著有《寒窗听雪集》。

◎满城烟火，看尽龙凤呈祥；烟沙流转，听猿啸鹤鸣。

◎苏武慢·云淡风轻

［元］虞集

云淡风轻，傍花随柳，将谓少年行乐。
高阁林间，小车城里，千古太平西洛。
瞻彼泱泱，言思君子，流水俨然如昨。
但清游，天际轻阴，未便暮愁离索。

长记得、童冠相随，
浴沂归去，吟咏鸢飞鱼跃。
逝者如斯，吾衰甚矣，调理自存斟酌。
清庙朱弦，旧堂金石，隐几似闻更作。
农人告我事西畴，窈窕挂书牛角。

◎虞集，元朝学者，字伯生，号道园，世称邵庵先生。曾领修《经世大典》，著有《道园学古录》。

◎选一个良辰美景出游，见水面不时有鱼跃出，天空不时有鸟飞过，我不禁悲从中来。见惯了庙堂高寒，不如归园种田去。

◎菩萨蛮·玉楼明月长相忆

〔唐〕温庭筠

玉楼明月长相忆。柳丝袅娜春无力。
门外草萋萋。送君闻马嘶。
画罗金翡翠。香烛销成泪。
花落子规啼。绿窗残梦迷。

◎楼如白玉，楼外垂柳摇曳，此时正是暮春时节。梦中，有萋萋的芳草、萧萧的马鸣以及闺楼中的思妇，在明月之夜，苦苦地思忆着远方的离人。

◎菩萨蛮·戏呈周介卿

[宋] 张元幹

拍堤绿涨桃花水，画船稳泛东风里。
丝雨湿苔钱，浅寒生禁烟。
江山留不住，却载笙歌去。
醉倚玉搔头，几曾知旅愁？

◎张元幹，宋代词人，字仲宗，号芦川居士。

◎金风玉露仿佛过眼烟云，美人在怀中的余温犹在，我双手去抓，却是空的。只留给我一支玉簪，聊作慰藉。

◎菩萨蛮·画堂昨夜西风过

【五代】冯延巳

画堂昨夜西风过，绣帘时拂朱门锁。
惊梦不成云，双蛾枕上颦。
金炉烟袅袅，烛暗纱窗晓。
残月尚弯环，玉筝和泪弹。

◎冯延巳，五代时期南唐词人，字正中。

◎珠帘晃动，雕梁画栋间，有微风吹过。不知此身梦中游，琴弦崩断，惊起离人泪。

◎菩萨蛮·感旧

[宋] 苏轼

玉笙不受朱唇暖。离声凄咽胸填满。
遗恨几千秋。恩留人不留。
他年京国酒。泫泪攀枯柳。
莫唱短因缘。长安远似天。

◎玉笙声凄咽，愁绪满腔，我遥望都城，不知何时能归。

◎蓦山溪·翠环惊报

［宋］黄人杰

翠环惊报，叶底梅如弹。
小摘试尝看，齿微酸、生香不断。
烟丸露颗，肥得颊儿红，
还欲近，浅黄时，风雨摧残半。

何如珍重，剩着冰盘荐。
持酒劝飞仙，似江梅、累累子满。
饶将风味，成就与东君，
随鼎鼐，着形盐，早趁调羹便。

◎黄人杰，宋代诗人，字叔万。著有《可轩曲林》。

◎正是梅子可以吃的季节。待到它们正红时，却被风雨摧残无几。不如借此机会，将它们丢入鼎鼐中，作为一调味小菜。

◎飞龙篇

【三国】曹植

《楚辞·离骚》曰：『为余驾飞龙兮，杂瑶象以为车。』曹植《飞龙篇》亦言求仙者乘飞龙而升天，与《楚辞》同意。按琴曲亦有《飞龙引》。

晨游泰山，云雾窈窕。忽逢二童，颜色鲜好。
乘彼白鹿，手翳芝草。我知真人，长跪问道。
西登玉堂，金楼复道。授我仙药，神皇所造。
教我服食，还精补脑。寿同金石，永世难老。

◎曹植，字子建。善于作文，与曹操、曹丕合称“三曹”。

◎何人赐我长生之药，千年不老，坐看沧海桑田。

听张立本女吟

〔唐〕高适

危冠广袖楚宫妆，
独步闲庭逐夜凉。
自把玉钗敲砌竹，
清歌一曲月如霜。

◎高适，唐代边塞诗人，字达夫。

◎不知谁家女子，清歌一曲，却凉透了人心，催落了眼泪。

◎向年舟自三山上延平和人韵两绝·其一

【宋】朱槔

春江一月困扬舲，
醉梦无人与唤醒。
欲识故交金石处，
相逢诗里眼犹青。

◎朱槔（gāo），宋代诗人，字逢年，号玉澜。著有《玉澜集》。

◎趁春日，微风里赏霁月；趁着醉意与知己畅谈未来，一夜疯癫。

◎吴越王庙

【宋】徐起滨

庙在平阳南雁山，山有钱库、绵坳诸迹。

天晴四塞蔼苍苍，古殿秋阴下夕阳。
急管向传流水咽，残碑空覆落花香。
绵坳钱库遗千载，涧藻溪毛祀一乡。
玉辇不游芳草合，屯云翠盖寄寒螿。

◎徐起滨，宋代诗人，字子节。

◎和着清明的柔风细雨，祭拜英灵。收拾打翻的香炉，清扫墓台。一支檀香袅袅，唯愿天下太平，苍生安宁。

◎将进酒·琉璃钟

［唐］李贺

琉璃钟，琥珀浓，小槽酒滴真珠红。
烹龙炮凤玉脂泣，罗屏绣幕围香风。
吹龙笛，击鼍鼓，皓齿歌，细腰舞。
况是青春日将暮，桃花乱落如红雨。
劝君终日酩酊醉，酒不到刘伶坟上土。

◎李贺，唐代浪漫主义诗人，字长吉，著有《昌谷集》等。

◎踏着火红的花丛，奏着欢快的乐曲。醉眼蒙眬间，看到胡姬从天而降，左旋右转。

◎宴边将

[唐] 张乔

一曲梁州金石清，
边风萧飒动江城。
座中有老沙场客，
横笛休吹塞上声。

◎张乔，唐代诗人，与许棠、郑谷等东南才子合称“咸通十哲”。

◎边城硝烟弥漫，金戈铁马不知何时方休。鸣金时，塞上堡垒处，忽然一曲笛声悲凉。

◎宿江西窦主簿厅

〔唐〕崔峒

与此公亡兄联官

广庭方缓步，星汉话中移。
月满关山道，乌啼霜树枝。
时艰难会合，年长重亲知。
前事成金石，凄然泪欲垂。

◎崔峒，唐代诗人，“大历十大才子”之一。著有《崔峒诗》。

◎我站在离别的桥上，月儿又圆了一回。艰难往事，让人凄然泪下。

◎纪梦

〔元〕王冕

十有一月三十夜，清梦忽然归到家。
对母徐徐言世事，呼儿故故问生涯。
庭前修竹不改色，溪上老梅都是花。
起坐山窗听茶鼎，又思风雨客三巴。

◎王冕，元代著名画家，字元章，号煮石山农。擅长画梅。

◎又是一夜风吹雨打，尽教竹林失了颜色。流水淙淙，无情地卷走了溪边落花。正出神时，小鼎内沸腾的茶水拉回了我的思绪。

◎拂霓裳·乐秋天

【宋】晏殊

乐秋天。晚荷花缀露珠圆。
风日好，数行新雁贴寒烟。
银簧调脆管，琼柱拨清弦。
捧觥船。一声声、齐唱太平年。

人生百岁，离别易，会逢难。
无事日，剩呼宾友启芳筵。
星霜催绿鬓，风露损朱颜。
惜清欢。又何妨、沉醉玉尊前。

◎去年寄出的尺素，今日也未有回应。也罢，又何必在意酒醒何处。

◎昭明太子宫

[宋] 程珌

千章乔木烟苍苍，
一帙遗文字字香。
梁鼎西沉何处问，
至今戟手看兴亡。

◎程珌，宋代词人，字怀古，号洺水遗民。著有《洺水集》。

◎沉默的是湖底的折戟，铁锈早已腐蚀了它的外表。它静静地看日月兴替，人间轮回。

◎晚发咸阳寄同院遗补

［唐］李嘉佑

征战初休草又衰，咸阳晚眺泪堪垂。
去路全无千里客，秋田不见五陵儿。
秦家故事随流水，汉代高坟对石碑。
回首青山独不语，羡君谈笑万年枝。

◎李嘉佑，唐代诗人，字从一。工诗，其诗风婉丽，后期多描写现实生活。

◎沙场的狼烟刚刚熄灭，士兵们踏上孤独的归途，可早已不见了昔日纵马驰骋的少年，汉家的石碑边也荒草丛生。

◎春雨

【唐】李商隐

怅卧新春白袷衣，白门寥落意多违。
红楼隔雨相望冷，珠箔飘灯独自归。
远路应悲春晼晚，残宵犹得梦依稀。
玉珰缄札何由达，万里云罗一雁飞。

◎去年相逢时，稀疏的秋雨落在你的肩头。而今春雨密密，缝上了时光的缺口，你已不在。

◎贺新郎·落星寺

〔宋〕黎廷瑞

帆影斜阳里。与芦花、分风飞过、落星遗此。
瓦老苔荒钟鼓陋，斑剥残碑无几。
想此处、阅人多矣。天上白榆犹落去，
况人间、一瞬浮花蕊。问五老，笑而已。

仙翁当日曾挥麈。拍阑干、浩歌音响，振鱼龙耳。九十余年无人问，遗韵半江烟水。慨宇宙、风涛如许。安得六丁移此石，去横身、作个中流砥。长唱罢，冥鸿起。

◎黎廷瑞，宋代词人，字祥仲。著有《芳洲集》。

◎一颗流星划破天际，跌落荷塘，从此化身为一叶飘萍。它却欲为阶上璧，经五百年风吹雨打，沧海桑田，此心不移。

◎贺新郎·春情

［宋］李玉

篆缕销金鼎。醉沉沉、庭阴转午，画堂人静。
芳草王孙知何处？惟有杨花糁径。
渐玉枕、腾腾春醒。帘外残红春已透，
镇无聊、殢酒厌厌病。云鬓乱，未收整。

江南旧事休重省。遍天涯、寻消问息，
断鸿难倩。月满西楼凭栏久，依旧归期
未定。又只恐、瓶沉金井。嘶骑不来银
烛暗，枉教人、立尽梧桐影。谁伴我，
对鸾镜。

◎李玉，宋代词人，生卒年不详。《全宋词》收录其词一首。

◎香炉已不知倒了几次，金樽也不知添了几回。梦里人归，醒来只有形单影只的自己。哪里能买到相思药，以疗我这总也好不了的病？

◎贺新郎·寿湛庐先生

〔宋〕张辑

鹊喜花间晓。惜凝香、代将帘卷，海棠开早。
前度登楼清啸月，吹入春风不老。
后五日、花朝方到。趁舞罗衣花讯暖，
捻吟髭、玉勒迎东笑。留肯往，春邮小。

庐峰青里壶天好。一千春、棋声昼永，
剑光云表。绛雪骊珠看丹转，
金鼎龙盘虎绕。且未可、飞仙蓬岛。
河洛烟芜眠狐兔，握风雪、办此升平了。
却共我，拾瑶草。

◎张辑，宋代词人，字宗瑞，号东泽。著有《欸乃集》等。

◎三月春风正好，茶水煮开一场棋局。屋外桃花正好，粉嫩了一片春光。怎奈，忽而雪至，卷乱了盛开的桃花。

◎贺新郎·金陵怀古

〔宋〕王奕

金陵流峙，依约洛阳，惜中兴柄国者巽，皆入床下，遂使金瓯堕，惜哉！

决眦斜阳里。品江山、洛阳第一，金陵第二。
休论六朝兴废梦，且说南浮之始。
合就此、衣冠故址。底事轻抛形胜地，
把笙歌恋定西湖水？百年内，苟而已。

纵然成败由天理。叹石城、潮落潮生，
朝昏知几。可笑诸公俱铸错，
回首金瓯瞥徙。漫涴了、紫云青史。
老媚幽花栖断础。睇故宫空拊英雄髀。
身世蝶，侯王蚁。

◎王奕，字伯敬，号斗山。著有《玉斗山人集》等。

◎轻烟在故都上空盘旋。眯上眼，我似乎看见了，是谁在指点江山。挥一挥衣袖，电光幻影，云雾作沙场。

◎赠道士参寥

【唐】孟浩然

蜀琴久不弄，玉匣细尘生。

丝脆弦将断，金徽色尚荣。

知音徒自惜，聋俗本相轻。

不遇钟期听，谁知鸾凤声。

◎拂一拂琴匣，上面落满了灰尘。悦耳之声未出，丝弦已断。已不求那知音能听我一曲，又何必怜惜那断了的弦。

◎赠会稽道士

〔宋〕晏殊

藐姑容化三阴馆，勾漏砂封六乙泥。
五练夜穷青玉枕，七明晨采碧云梯。
冠霞高把浮丘袂，握体深藏鬼谷奚。
知有山西驻龄药，何妨相赠一刀圭。

◎那是何方来的神女，她化形易容，趁夜潜入了山谷。我不求她的青玉枕，但求赐我一颗长生药。

◎长相思·烟凄凄

[宋] 刘克庄

烟凄凄，草凄凄。
野火原头烧断碑，不知名姓谁。
印累累，冢累累。
千万人中几个归？荣华朝露晞。

◎坟头野草，冢中枯骨，有多少人如同那昙花，未曾见到朝阳便凋谢。

◎长相思·桥如虹

【宋】陆游

桥如虹，水如空，
一叶飘然烟雨中。天教称放翁。
侧船篷，使江风，
蟹舍参差渔市东。到时闻暮钟。

◎未曾听闻晚钟敲了几下，却见桥下一舟一翁，任雨打风吹去。

◎长沙陪裴大夫夜宴

[唐] 李群玉

东山夜宴酒成河，银烛荧煌照绮罗。
四面雨声笼笑语，满堂香气泛笙歌。
泠泠玉漏初三滴，滟滟金觞已半酡。
共向柏台窥雅量，澄陂万顷见天和。

◎李群玉，唐代诗人，字文山。

◎此间有笙箫合奏，觥筹交错。那边玉制的漏刻刚滴了三下，堂上之人已红了脸颊。

◎长相思·云一緺

［五代］李煜

云一緺，玉一梭，
淡淡衫儿薄薄罗。轻颦双黛螺。
秋风多，雨相和，
帘外芭蕉三两窠。夜长人奈何！

◎李煜，五代时期南唐末代国君，字重光，号莲峰居士。他精通书法，擅长音律，其词作对后世影响颇为深远。

◎一场秋雨来得猝不及防，唐突了山间赏花的美人。她四下张望时，湿了薄衣衫，水珠顺着那金钗滴下，直教人忍俊不禁。

◎月中行·怨恨

［宋］周邦彦

蜀丝趁日染乾红。微暖面脂融。

博山细篆霭房栊。静看打窗虫。

愁多胆怯疑虚幕，声不断、暮景疏钟。

团团四壁小屏风。啼尽梦魂中。

◎周邦彦，宋代词人，字美成，号清真居士。著有《清真居士集》。

◎暮色四合，外面的锦缎趁着阳光已晒干。远方的钟声传来，虫儿们早已随我进了梦乡。

◎感怀十首·其六

[元]王冕

高楼古明月，孤坐感凉夜。
云胡远行客，不悟岁年迈。
风暖百草芳，露冷众木瘵。
天地岂无情？物色有荣谢。
人生匪金石，焉得不朽坏？
寄语茹芝翁，细故奚蒂芥。

◎夜凉如水，远客尚未踏上归途，长安的草木却早已进入轮回。只有那方磐石，冷眼看尽人世枯荣，自岿然不动。

◎点绛唇·雨宵即事

［元］王恽

春雨空蒙，晚来点缀闲庭景。
一床灯影。润入琴丝冷。
清夜沈沈，谁慰孤怀耿。
云生鼎。倚窗高咏。爱此春宵永。

◎王恽，元朝学者，字仲谋，号秋涧。著有《秋涧先生全集》。

◎小雨遮蔽了天幕，清冷。这一室的光影只留我一人欣赏。

◎水调歌头·雨霁彩虹卧

〔宋〕赵善括

雨霁彩虹卧，半夜水明楼。
太湖极目，四面水尽是天流。
几点鲈乡莼浦，万里鲸波雪浪，掀舞小渔舟。
金饼挂蟾魄，时景正中秋。

钓纶轻，兰棹稳，笑王侯。
一蓑一笠，得意何必美封留。
纵使金章鼎贵，何似玉樽倾倒，
一醉可消愁。玉女在何许，唤起与同游。

◎赵善括，宋代词人，字无咎，号应斋居士。著有《应斋杂著》。

◎风雨刚过，极目望去，太湖水高涨。如此生活，纵然是金玉加冕，也比不上我金樽酒一杯。

◎水龙吟·己酉寿广西丰宪

［宋］李曾伯

几番南极星边，樽前常借南枝寿。
今年好处，冰清汉节，与梅为友。
老桧苍榕，婆娑环拱，影横香瘦。
把草庭生意，蛮烟尽洗，都付与、风霜手。

岭首小春时候。看明宵、桂轮圆又。

此人此地，此花此月，宜诗宜酒。

把绣归来，调羹金鼎，西湖春后。

愿玉奴、岁与素娥不老，共人长久。

◎李曾伯，宋代词人，字长孺，号可斋。著有《可斋类稿》等。

◎月光倾泻而下，落在湖中。可怜此处美景无人欣赏，唯有婵娟与我对饮。举起酒樽敬美人，唯愿此情此景，地久天长。

◎水调歌头·秦寿之生日

[宋]王之道

暑雨湿修竹，凉吹入高檐。
鹭洲钟阜如画，霁色为秾纤。
槛外藕花无数，妆点休祥嘉应，不觉有秋炎。
谪仙堕人世，香雾郁重帘。

富才艺，强记览，三万签。
须信公侯有种，道义自相渐。
此去腰金佩玉，回视依莲泛水，
岁月亦何淹。称觞还戏彩，无惜醉厌厌。

◎王之道，宋代官员，字彦猷，著有《相山集》。

◎我撑一渔舟，徜徉在湖上，穿过片片荷塘藕花。望着波光粼粼的湖面，忘记了忧愁烦恼。

◎桂枝香·插云翠壁

【宋】黄裳

插云翠壁。为送目入遥空，见山色。
金鼎丹成去也，晋朝高客。
百花岩下遗孙在，赋何人、离尘风骨。
翠微缘近，希夷志远，洞天踪迹。

近剑有、为龙信息。
怪潭上灵光，雷电相击。
尤好风波乍霁，鹭汀斜日。
倚栏白尽行人鬓，但沈沈、群岫凝碧。
利名休事蝇头，飞◎舠(dāo)送君南此。

◎黄裳，宋代词人，字勉仲，号演山。著有《演山先生文集》。

◎故人已乘仙鹤去，我多想追随他去，却被这俗世红尘绊住了脚，踟蹰在原地。

◎木兰花慢·和师厚和司马文季虏中作

【宋】朱敦儒

指荣河峻岳，锁胡尘、几经秋。
叹故苑花空，春游梦冷，万斛堆愁。
簪缨散、关塞阻，恨难寻杏馆觅瓜畴。
凄惨年来岁往，断鸿去燕悠悠。

拘幽。化碧海西头。剑履问谁收。

但易水歌传，子山赋在，青史名留。

吾曹镜中看取，且狂歌载酒古扬州。

休把霜髯老眼，等闲清泪空流。

◎朱敦儒，宋代文人，字希真。著有《岩壑老人诗文》。

◎那人墓前碑犹在，只是风吹雨打，模糊了字迹。

◎枕上

【宋】范成大

一枕经春似宿酲，三衾投晓尚凄清。
残更未尽鸦先起，虚幌无声鼠自惊。
久病厌闻铜鼎沸，不眠惟望纸窗明。
摧颓岂是功名具，烧药炉边过此生。

◎窗边一轮明月照亮了庙宇。曾经的辉煌不再，三两鸦雀聚集，虫鼠私语，翻倒的铜炉被灰尘挤满了肚子。只有佛像依旧，笑而不语。

◎柳梢青·东园醉作梅词

［宋］赵长卿

千林落叶声声悲。听凄惨、江皋雁飞。
难似玉肌，总惊花貌，压倒芳菲。
香心吐尽因谁。料调鼎、工夫易期。
休唱阳关，莫歌白雪，雨泪沾衣。

◎赵长卿，宋代词人，号仙源居士。著有《惜香乐府》。

◎胡姬旋转着脚步，长袖飘扬，鼎炉中羊羹飘香。忽而一曲阳关调，思乡的愁绪，涌上心头，泪水湿衣。

◎杂咏四首·其一

【宋】范仲淹

铿铿千古峄山桐，
金石声来造化中。
谁道元和无复致，
为君堂上起薰风。

◎范仲淹，宋代政治家、文学家，字希文，是“庆历新政”的发起者。

◎峄山的桐树，枝干敲击起来铿然有声。用它做古琴，弹奏起来声音如金石般清越。若有如此人才，朝堂如沐春风，天下大治。

◎杂曲歌辞·宜城歌

［唐］刘禹锡

野水绕空城，行尘起孤驿。
花台侧生树，石碣阳镌额。
靡靡度行人，温风吹宿麦。

◎刘禹锡，唐代文学家，字梦得。著有《刘梦得文集》。

◎不知哪年的村庄，空空荡荡，也不知废弃了多久。来来往往的行人驻足，仔细观察那残碑片语，妄图解读出城的历史。

◎无题二首·其二

[唐] 李商隐

飒飒东风细雨来，芙蓉塘外有轻雷。
金蟾啮锁烧香入，玉虎牵丝汲井回。
贾氏窥帘韩掾少，宓妃留枕魏王才。
春心莫共花争发，一寸相思一寸灰。

◎飒飒东风挟带着细雨，池塘那边传来声声轻雷。香料在香炉里慢慢焚烧，辘轳牵引绳索汲井水。我这颗心不再与春花一同萌发，免得使我寸寸相思，都化成了烟灰。

◎省试湘灵鼓瑟

〔唐〕钱起

善鼓云和瑟，常闻帝子灵。
冯夷空自舞，楚客不堪听。
苦调凄金石，清音入杳冥。
苍梧来怨慕，白芷动芳馨。
流水传潇浦，悲风过洞庭。
曲终人不见，江上数峰青。

◎钱起，唐代诗人，字仲文，是“大历十才子”之一。今存《钱考功集》。

◎江边何人抚琴弦，其音切切，融化坚石。旋律飘过洞庭，唤醒了沉睡在九嶷的上神。他踏云而来，却未见那弹奏之人，山峰间空余回响。

◎罗浮飞云顶

［宋］李昴英

山行颇觉思悠然，游遍仙家几洞天。
登见日亭风刮面，立飞云顶月齐肩。
稚川翁有烧丹灶，景泰师留卓锡泉。
我得真人金石诀，无求自可享长年。

◎有无仙家踪迹可寻，令我与日月齐肩？有无仙家可赠金石诀，令我与天地同寿？

◎白鸠辞

【唐】李白

铿鸣钟，考朗鼓。歌白鸠，引拂舞。

白鸠之白谁与邻，霜衣雪襟诚可珍。

含哺七子能平均。食不咽，性安驯。

首农政，鸣阳春。天子刻玉杖，镂形赐耆人。

白鹭亦白非纯真，
外洁其色心匪仁。
阙五德，无司晨，
胡为啄我葭下之紫鳞。
鹰鹯雕鹗，贪而好杀。
凤凰虽大圣，不愿以为臣。

◎李白，唐代诗人，字太白，号青莲居士。一生酷爱饮酒作诗，留作无数。

◎盘旋于九天之上的玄鸟啊，你可否低下你高贵的头颅，为这污浊的尘世，带来一束希望之光。

◎破阵子·四十年来家国

〔五代〕李煜

四十年来家国，三千里地山河。
凤阁龙楼连霄汉，玉树琼枝作烟萝。
几曾识干戈？
一旦归为臣虏，沈腰潘鬓消磨。
最是仓皇辞庙日，教坊犹奏别离歌。
垂泪对宫娥。

◎昔日巍峨的殿堂早已成为一堆废墟，那殿前的最后一曲，竟成了绝唱。

◎登青龙寺

〔宋〕李复

疏爽岩边寺，秋登更晚晴。
连冈横野断，远水隔林明。
废井余荒甃，残碑有旧名。
几经兵火劫，禾黍徧新耕。

◎李复，宋代诗人，字履中，世称潏水先生。著有《潏水集》。

◎战火纷飞，离乱了多少有情人，几多桑田长满了荒草。前朝宫殿灰飞烟灭，谁还记得堂上王谢为何。

◎鹊桥仙·书所作词后

［宋］汪莘

柳塘居处，方壶道号，汪姓莘名耕字。
欲将丹药点凡花，教都做、水仙无计。
家中安石，村中居易，总是一场游戏。
曲终金石满吾庐，争奈少、柳家风味。

◎汪莘，宋代诗人，字叔耕，号柳塘。著有《方壶存稿》。

◎我有金石灵药，奈何人间不识，感叹时，有人高歌。又是谁家儿郎吟对兴，奈何少了柳家风味。

◎鹊桥仙·拟稼轩中原怀古

[元] 邵亨贞

残阳陇树，寒烟塞草，戏马台前秋老。
黄河日日水东流，断送却、英雄多少。
西秦笳鼓，东山寄傲。万事付之一笑。
闲来系马读残碑，又目断、江南飞鸟。

◎邵亨贞，元代文学家，字复孺，号清溪。著有《野处集》。

◎断碑静静地立在草丛中，斑驳的石面，曾经历过几次金戈铁马，经过多少王朝兴衰？

◎鹧鸪天·一片归心拟乱云

［宋］辛弃疾

一片归心拟乱云，春来谙尽恶黄昏。
不堪向晚檐前雨，又待今宵滴梦魂。
炉烬冷，鼎香氛。酒寒谁遣为重温？
何人柳外横双笛，客耳那堪不忍闻。

◎帘外雨浓，不堪忆旧伤。夜半起身，温一壶酒，刚抿一口，又不知何处传来羌笛声，呜呜咽咽，泪水竟沾湿了我的衣襟。

◎鹧鸪天·寿何薄乃尊

【宋】牟巘

鸠杖庞眉鹤发仙。诗中有史笔如椽。
爱莲自是平生趣，吟到梅花晚更坚。
珍九鼎，食万钱。谁知有子彩衣鲜。
蜀陈旧事君须记，贵盛还当具庆年。

◎牟巘（yǎn），宋末元初诗人，井研人。字献甫，人称陵阳先生。著有《陵阳集》。

◎尘封的宫门内，唯有夕阳斜照残鼎，谁还记得殿内曾经的歌舞升平。

◎鹧鸪天·丁巳元日

【宋】姜夔

柏绿椒红事事新，隔篱灯影贺年人。
三茅钟动西窗晓，诗鬓无端又一春。
慵对客，缓开门，梅花闲伴老来身。
娇儿学作人间字，郁垒神荼写未真。

◎姜夔，宋代文学家，字尧章，号白石道人。其终身未仕，靠卖字和朋友接济为生。

◎刚把桃符贴上，便三三两两地来了几个小童。远处传来新年的钟声，匆匆忙忙道祝福，唯愿平安喜乐。

◎鹧鸪天·楼外秋千索尚悬

【近代】王国维

楼外秋千索尚悬。霜高素月慢流天。
倾残玉碗难成醉，滴尽铜壶不解眠。
人寂寂，夜厌厌。北窗情味似枯禅。
不缘此夜金闺梦，那信人间尚少年。

◎王国维，近代著名学者，字静安。他在教育、哲学、文学、戏曲、美学、史学等方面均有深诣和创新。

◎酒液从残破的玉杯中缓缓流出，滴落人间。光阴疾速流转，少年一夜白了头。

◎鹧鸪天·西都作

［宋］朱敦儒

我是清都山水郎，天教懒慢带疏狂。
曾批给露支风敕，累奏留云借月章。
诗万首，酒千觞，几曾着眼看侯王？
玉楼金阙慵归去，且插梅花醉洛阳。

◎曾琼楼小酌，也曾对月吟诗；曾高台一曲博满堂喝彩，也曾散发回归田园去。

◎鹧鸪天·腹疾困睡和希真词

［宋］刘克庄

前度看花白发郎，平生痼疾是清狂。
幸然无事污青史，省得教人奏赤章。
游侠窟，少年场。输他群谢与诸王。
居人不识庚桑楚，弟子谁从魏伯阳。

◎他万花丛中潇洒过，却无人知晓。他自比昆仑，痛饮一瓢黄河水，怒吼一声，令邙山震荡。

◎鹧鸪天·杖屦寻春苦未迟

【宋】陆游

杖屦寻春苦未迟，洛城樱笋正当时。
三千界外归初到，五百年前事总知。
吹玉笛，渡清伊，相逢休问姓名谁。
小车处士深衣叟，曾是天津共赋诗。

◎三月樱花如雪，仰头凝视，只见花蕊粉白。正出神时，一串玉石叮咚作响，敢问是哪位公子同来？

◎鹧鸪天·家住苍烟落照间

〔宋〕陆游

家住苍烟落照间，丝毫尘事不相关。
斟残玉瀣行穿竹，卷罢《黄庭》卧看山。
贪啸傲，任衰残，不妨随处一开颜。
元知造物心肠别，老却英雄似等闲。

◎膝头放着玉璧，斜卧在我的竹间小屋，旧鼎里还煮着新酒。我头发早已花白，却还是向往狼烟沙场，万马奔腾。

◎鹧鸪天·彩袖殷勤捧玉钟

【宋】晏几道

彩袖殷勤捧玉钟，当年拚却醉颜红。
舞低杨柳楼心月，歌尽桃花扇底风。
从别后，忆相逢，几回魂梦与君同。
今宵剩把银釭照，犹恐相逢是梦中。

◎初见君时，你捧着玉钟为我奉酒。我们尽情欢歌笑舞，直到深夜。而今离别许久，只能在梦里和你相逢。

◎鹧鸪天·雪梅

【宋】范成大

压蕊拈须粉作团。疏香辛苦颤朝寒。
须知风月寻常见，不似层层带雪看。
春髻重，晓眉弯。一枝斜并缕金幡。
酒红不解东风冻，惊怪钗头玉燕干。

◎拈一枝粉梅，裹上金线，看爱人插在髻上。她眉眼弯弯，金色的步摇随之摆动，恍若天边一抹亮色的云彩。

◎补乐歌十首·六英

【唐】元结

高辛氏之乐歌也，其义盖称帝喾能总六合之英华。

我有金石兮，击考崇崇。
与汝歌舞兮，上帝之风。
由六合兮，英华沨沨。
我有丝竹兮，韵和泠泠。
与汝歌舞兮，上帝之声。
由六合兮，根底嬴嬴。

◎元结，唐代道家学者，字次山，号漫叟。

◎遥远的天际传来鸣钟击磬的声音，穿过云层，冲击着我的耳膜。又不知哪里来的悠扬笛声，弯弯曲曲，把我的心儿缠绕。

◎种豆

【明】王穉登

庭下秋风草欲平，
年饥种豆绿成荫。
白花青蔓高于屋，
夜夜寒虫金石声。

◎王穉登，明代文学家，字伯谷，号松坛道士。著有《吴社编》。

◎昔年的庭院已长满一人高的荒草，不知名的小花迎风摇曳，小虫在草丛间轻轻吟唱。

◎秋心三首·选一

[清] 龚自珍

秋心如海复如潮，但有秋魂不可招。
漠漠郁金香在臂，亭亭古玉佩当腰。
气寒西北何人剑，声满东南几处箫。
斗大明星烂无数，长天一月坠林梢。

◎龚自珍，清代思想家、文学家，字璱人，号定庵。曾主张改革，全力支持林则徐的禁烟运动。

◎曾佩长剑，利刃出鞘，斩落魑魅魍魉。也曾踏云逍遥游，一曲洞箫，处处鸟语花香。

◎秋日村舍

【宋】陆游

会稽城南古大泽，霜晴水落烟波迮(zé)。
寒风萧萧凋榉柳，暖日晖晖秀荞麦。
传闻新诏募新军，复道公车纳群策。
忠诚所感金石开，勉建功名垂竹帛。

◎寒风凛冽，吹皱了一池烟波。王师自南出征，我欲提着宝剑，重整弓弩，只为报效君上。

◎秋怨

【唐】柳中庸

玉树起凉烟，凝情一叶前。
别离伤晓镜，摇落思秋弦。
汉垒关山月，胡笳塞北天。
不知肠断梦，空绕几山川？

◎柳中庸，唐代诗人，名淡，字中庸。其诗多以边塞征怨为主题。

◎谁在帝都捧金樽饮玉液，流连于酒池肉林？而谁又在沙场，一片荒凉处，听琴曲十八绕？

◎秋思

[宋]陆游

鱼复城边逢雁飞，白头羁客恨依依。
远游眼底故交少，晚岁人间乐事稀。
云重古关传夜柝，月斜深巷捣秋衣。
官闲况是频移疾，药鼎荧荧卧掩扉。

◎一盏苦茶配一个药炉，这是我晚年的人生，哪有什么喜事，只有城边飞过的一行大雁。

蝶恋花·屈指幽期惟恐误

［宋］赵令畤

屈指幽期惟恐误，恰到春宵，明月当三五。
红影压墙花密处，花阴便是桃源路。
不谓兰诚金石固，敛衭怡声，恣把多才数。
惆怅空回谁共语，只应化作朝云去。

明月当空，映照着我空虚的心境。风来吹落多少惆怅，无人可言明。空余金兰契，那人已驾鹤西去。

◎蝶恋花·梨叶疏红蝉韵歇

【宋】晏殊

梨叶疏红蝉韵歇。银汉风高，玉管声凄切。
枕簟乍凉铜漏咽。谁教社燕轻离别。
草际蛩吟珠露结。宿酒醒来，不记归时节。
多少衷肠犹未说。朱帘一夜朦胧月。

◎玉箫倾诉了一夜，漏壶没有言语，酒却干了一杯又一杯。朦朦胧胧处，圆月爬上了树梢，温柔地给窗纱披上羽衣。榻上人未清醒，梦里呓语。

◎蝶恋花·昨夜秋风来万里

【宋】苏轼

昨夜秋风来万里。月上屏帏，冷透人衣袂。
有客抱衾愁不寐。那堪玉漏长如岁。
羁舍留连归计未。梦断魂销，一枕相思泪。
衣带渐宽无别意。新书报我添憔悴。

◎秋风瑟瑟，夜渐渐睡去，人还醒着，更漏滴答，平添了多少忧愁。

题王朝英歇驴图

[宋] 章甫

天寒山路长，年荒蹇驴瘦。
风松适相遭，金石方互奏。
是中有佳趣，舍鞍聊杖藜。
童奴难与言，得句忘吾饥。
怀远空暮云，忧时当肉食。
市朝尘涴人，归欤北山北。

◎章甫，宋代诗人，字冠之，自号转庵、易足居士。著有《易足居士自鸣集》。

◎山路漫漫，多歧路，累煞了我这一把老骨头。眼见着面前的小童飞奔而过，忆往昔，老朽也曾年轻过。

◎题清江台

［宋］戴复古

秋色无边际，酬之以醉颜。
亭高俯城郭，木阙见江山。
胜践园林古，好诗天地悭。
范碑生羽翼，飞上画屏间。

◎戴复古，宋代诗人，字式之，自号石屏。著有《石屏诗集》。

◎弹指间，沧海桑田，汉室江山都作了土，此处空余残垣断壁。

◎虞美人·邢子友会上

【宋】陈与义

超然堂上闲宾主。不受人间暑。
冰盘围坐此州无。
却有一瓶和露、玉芙蕖。
亭亭风骨凉生牖。消尽尊中酒。
酒阑明月转城西。
照见纱巾藜杖、带香归。

◎陈与义，宋代诗人，字去非，号简斋。著有《简斋集》。

◎以云为衣，舞一曲破阵。一阵风来，婵娟娇羞，扯过一片薄雾，躲进了寒宫。只可怜那夜光满杯，无人饮。

◎羊城使者庙

〔宋〕刘克庄

山川殊壮丽，
井邑亦繁雄。
独有羊城庙，
萧然瓦砾中。

◎上元花灯犹如散落在人间的点点繁星，又有谁曾想起郊外那破败的月亮，也曾闪耀人间？

◎卧病月余呈子由二首·其二

［宋］张耒

风叶鸣窗已复朝，唤回归梦故山遥。

酒壶黯淡浮尘集，药鼎青荧败叶烧。

开户独依寒蟋蟀，移床更就雨芭蕉。

雪深更请安心术，长日如年未易消。

◎张耒，宋代文学家，字文潜，号柯山，世称宛丘先生、张右史。著有《柯山集》。

◎芭蕉低下了高傲的头，暗自窥探。北风吹透了榻上人的衣衫，新年的雪缓缓落在了药炉里。

◎西江月·熟水词

〔宋〕吕本中

酒罢悠扬醉兴，茶烹唤起醒魂。
却嫌仙剂点甘辛。冲破龙团气韵。
金鼎清泉乍泻，香沈微惜芳薰。
玉人歌断恨轻分。欢意厌厌未尽。

◎吕本中，宋代诗人、道学家，字居仁，世称东莱先生。

◎醉意还未退去，便被迫分离。饮一杯烹好的茶，那苦涩如离人的眼泪，却教人久久回味。

◎踏莎行·七月十六日寿胡季海

【宋】郭应祥

自昔中元，多生上相。麒麟今又来天上。
云衢虽未掇勋名，月评先已腾声望。
宝鼎浓熏，金翘绝唱。真珠百斛倾家酿。
斯辰聊用祝龟龄，他年端合扶鸠杖。

◎郭应祥，宋代词人，字承禧，号遁斋。著有《笑笑词》。

◎虽无功名傍身，但您的声望已通过月旦评远播四海。值此良辰，我没有什么宝鼎、珍玩可以贺诞，只能献上这首词，祝愿您寿比南山。

◎雪晓舟中生火二首·选一

【宋】杨万里

乌银玉质金石声，见火忽学爆竹鸣。
◦腷(bì)腷◦膊(bó)膊久不停，白日坐上飞繁星。
不知何怒泄不平，不知何喜唧唧吟。
待渠自静勿与争，切莫借箸怒复生。
到渠绒口两耳热，铜瓶在旁却饶舌。

◎杨万里，宋代诗人，字廷秀，号诚斋。其诗歌以描写景物见长。

◎天空突然坠落一颗流星，被膳房的铜炉看到，拉着壁橱的碗筷，聒噪不停，不知在为何人鸣不平。

◎霜角·王陵夕照

[宋]张可久

暮蝉声咽，几树白杨叶。
细细看云岚旧隐，遗庙在，表忠烈。
翌结，弓剑冗，苔花碑字灭。
远水残阳西下，今人见，古时月。

◎张可久，元代散曲家，字小山。其与张养浩合称“二张”，散曲集有《小山乐府》等。

◎看天边云卷云舒，树叶飘落在断碑旁，谁还记得这里埋葬的是哪位英烈。

◎朝中措·九重深念朔庭空

【宋】周必大

胡季怀以朝中措为寿。八月四日，复次其韵。季怀常以宰相自期，故每戏之已丑。

九重深念朔庭空。良弼梦时中。
擢第难遵常制，筑岩直继高风。
明年东府，金钗珠履，列鼎鸣钟。
良酝傥分焦革，早禾休浸曹公。

◎周必大，宋代政治家，字子充，自号平园老叟。官至吏部尚书、枢密使。著有《省斋文稿》。

◎虽已归居田园，洒扫耕煮，但内心深处，仍向往朝堂上的那一块笏板。

◎黄陵题咏二首·其一

［宋］李壁

小孤洲北浦云边，二女明妆共俨然。
野庙向江空寂寂，古碑无字草芊芊。
东风近墓吹芳芷，落日深山哭杜鹃。
犹似含颦望巡狩，九疑如黛隔湘川。

◎李壁，宋代文人，字季章，号石林。著有《雁湖集》。

◎一夜疾风骤雨，残碑上又斑驳了几处。早已辨不清是哪朝旧事，只晓得北狩的君主早已作古。

五色鸚鵡来自南洋飛鳴自適往来於苑
囿間雅詎容貴縱目觀之究勝似圖畫也
戊寅春三月非闇并記於玉硯齋

◎罗浮飞云顶

【宋】李昴英

山行颇觉思悠然，游遍仙家几洞天。
登见日亭风刮面，立飞云顶月齐肩。
稚川翁有烧丹灶，景泰师留卓锡泉。
我得真人金石诀，无求自可享长年。

金

藐姑容化三阴馆，勾漏砂封六乙泥。
五练夜穷青玉枕，七明晨采碧云梯。
冠霞高把浮丘袂，握体深藏鬼谷奚。
知有山西驻龄药，何妨相赠一刀圭。

◎赠会稽道士

［宋］晏殊

石